# John Osteen

# Der göttliche Strom

LEUCHTER EDITION

Studienreihe der
**Full Gospel Business Men's Fellowship International
Christen im Beruf e.V.**
Schlossau 1, D-94209 Regen

**Weitere Titel, die in dieser Reihe erschienen sind:**
Das Wunder liegt in deinem Munde
Waffen im Kampf gegen die Mächte der Finsternis
Was ein Christ als erstes braucht
Wir können unser Schicksal ändern

Titel der englischen Originalausgabe: The Divine Flow
Copyright © 1976 by Lakewood Church, Houston, Texas

Copyright der deutschen Ausgabe
© Leuchter Edition GmbH, Erzhausen

Umschlaggestaltung: Frank Decker
Gesamtherstellung: Schönbach-Druck GmbH, Erzhausen

ISBN: 3-87482-609-0
Bestell-Nr.: 547.609

Alle Rechte vorbehalten

Leuchter Edition GmbH
Postfach 1161, 64386 Erzhausen
Fon: (0 61 50) 97 36 0, Fax: (0 61 50) 97 36 36
verlag@leuchter-edition.de
www.leuchter-edition.de

Der Herr möchte alle Seine Kinder gebrauchen. Der Herr möchte dich gebrauchen!!

Schon so oft hat Er versucht, uns als Gefäße Seiner Kraft zu gebrauchen, um Seine Errettung und Seine heilende Gnade zu bringen, doch wir haben die Berührung Seiner sanften Liebeshand in unserem Leben nicht wahrgenommen.

Hiob sagte: „Siehe, er geht an mir vorüber, und ich sehe ihn nicht, er fährt vorbei, und ich gewahre ihn nicht" (Hiob 9,11).

Dies könnte als Zeugnis für Tausende von Christen gelten. Sie möchten gerne von Gott gebraucht werden, doch wenn Er nahekommt, erkennen sie Seine Gegenwart und Führung nicht. Der Herr ist so nahe, und trotzdem merken sie es nicht.

Die kostbare Offenbarung, die in diesem Büchlein zu finden ist, kann dein Leben verändern. Sie wird dir helfen zu erkennen, wenn „Jesus von Nazareth vorübergeht" und dich mit Seiner wunderbaren Kraft der Liebe berührt.

Ich liebe Gottes Volk und möchte jedem einzelnen helfen, das Beste für sein Leben zu finden. Wenn du nur glauben würdest – alle Dinge sind möglich dem, der da glaubt! Glaube, daß Gott dich benutzen will, um anderen zu helfen. Glaube, daß Gott dich gebrauchen will, um andere zu erreichen.

Du kannst Seelen gewinnen!
Du kannst Menschen zu Gott zurückführen!

Du kannst sehen, wie kranke Menschen geheilt und zerbrochene Herzen und Familien wieder hergestellt werden durch Seine Kraft!

Du kannst Wunder geschehen sehen!

Viele fragen sicherlich schon: „Wie? Wie? Sag mir, wie kann ich mich von Gott gebrauchen lassen?"

Die Botschaft dieses Büchleins wird dir sagen wie. Sei bereit für eine Überraschung. Du wirst erschüttert sein, wenn du siehst, wie einfach alles ist.

Die Bibel sagt: „Wir sind Gottes Mitarbeiter" (1. Kor. 3,9).

Jesus sagte: „Mein Vater wirkt bis jetzt, und ich wirke auch" (Joh. 5,17). Er sagte auch: „Der Sohn kann nichts von sich selbst tun" (Joh. 5,19).

Die Bibel sagt: „Jesus ... sah eine große Menge und erbarmte sich über sie und heilte ihre Kranken" (Matth. 14,14).

Was hat Jesus bewegt? Es war das göttliche Mitleid, das in Seinem Herzen aufstieg. Er fühlte den göttlichen Strom der Liebe hinausfließen aus Seinem Geist. Wohin floß dieser Strom? Er floß der Menge entgegen. Als er so der Menge zufloß, folgte Jesus dem „Strom mitleidiger Liebe" und ging zur Menge. Das Ergebnis war, daß die heilende Liebe Gottes dem leidenden Volk jener Tage Befreiung brachte.

Mitleid bewegte Jesus. Liebe leitete Sein Leben. Sie leitete Ihn ständig.

Der göttliche Strom von Gottes Liebe kann dich zu den Menschen führen, die Gott erreichen will. Wir müssen auf das Erscheinen dieser übernatürlichen Liebe achten und bereit sein, ihr zu folgen, wohin sie fließt.

Eine der bemerkenswertesten Schriftstellen in Gottes Wort findet man im Johannesbrief: „Und darin besteht die Liebe, daß wir nach seinen Geboten wandeln, dies ist das

Gebot, wie ihr es von Anfang gehört habt, daß ihr darin wandeln sollt" (2. Joh. 6).

In diesen Worten liegt die Grundlage für dieses Buch, „daß ihr fortfahrt zu wandeln in der Liebe, geführt von der Liebe und der Liebe folgend".

Nichts in meiner Erfahrung als Christ, ausgenommen die Errettung und die Taufe mit dem Heiligen Geist, hat mich persönlich reicher und fruchtbarer gemacht als die geistliche Wahrheit der dem göttlichen Strom der Liebe innewohnenden Kraft.

Laßt uns eine weitere Schriftstelle im Hinblick auf diese Wahrheit betrachten: „Und wir haben erkannt und geglaubt die Liebe, die Gott zu uns hat; Gott ist Liebe, und wer in der Liebe bleibt, der bleibt in Gott und Gott in ihm. Darin ist die Liebe bei uns vollkommen geworden, daß wir Freimütigkeit haben am Tage des Gerichts, denn gleichwie er ist, so sind auch wir in dieser Welt. Furcht ist nicht in der Liebe, sondern die völlige Liebe treibt die Furcht aus, denn die Furcht macht Pein; wer sich aber fürchtet, ist nicht vollkommen geworden in der Liebe" (1. Joh. 4,16-18).

Die Liebe geht zur Türe, öffnet sie und befiehlt: „Furcht, geh hinaus!"

Das bedeutet nicht, daß man kein Christ mehr ist, wenn man gelegentlich einige Angst und Furcht hat. Es bedeutet nur, daß man noch mehr wachsen und von Gottes Wort lernen muß.

„Lasset uns ihn lieben, denn er hat uns zuerst geliebt" (1. Joh. 4,19).

Gott ist ein großer, wundervoller Gott. Wir können Ihn nicht in eine Ecke stellen und sagen: „Dies ist alles, was Ihm zusteht."

Es gibt so viele funkensprühende, wunderbare Strahlen der göttlichen Persönlichkeit, daß wir sie nie alle auffangen können. Etwas vom Köstlichsten ist jedoch dies: Gott ist die Liebe.

Es gibt zwei Kräfte in der Welt, Furcht und Liebe.

Furcht, Schrecken und Angst erzeugen Krankheiten, Sorgen und Mühsal.

Auf der anderen Seite gibt es das Königreich der Liebe. Dieser Strom der Liebe bringt Leben, Gesundheit und Frieden.

Der Teufel will uns glauben machen, daß die Lasten der Angst und Furcht, die er auf die Herzen der Menschen legt, von Gott kommen. Er will uns glauben machen, daß wir vor der Stimme Gottes zittern müssen, obwohl er die ganze Zeit die Ursache der Angst ist.

Einige sagen: „Ich kann den Unterschied zwischen der Stimme Gottes und der des Teufels nicht erkennen." Auf einigen Gebieten mag das bis zu einem gewissen Grad wahr sein, doch normalerweise findet man, daß der Teufel derjenige ist, der Furcht erzeugt, und Gott derjenige, der Liebe bringt.

Ich fange nie an, mich zu fürchten, wenn meine Frau zu mir sagt: „Liebling, ich liebe dich." Dies stört mich nicht. Es läßt mich nicht erzittern und zum Psychiater rennen und sagen: „Ich bin verwirrt, meine Frau sagt, daß sie mich liebe." Das wäre Torheit. Zu wissen, daß meine Frau mich liebt, gibt mir Trost und Freude ins Herz.

Meine Kinder werden nicht beunruhigt, wenn ich sie auf den Arm nehme und sage: „Ich liebe dich." Wenn ich mich abends über ihr Bett neige, um ihnen den Gute-Nacht-Kuß zu geben und zu ihnen sage: „Weißt du, daß ich dich liebe?", dann antworten sie: „Ja, Daddy." Sie fürchten sich nicht. Sie zittern nicht und haben keine Alpträume wegen meiner Liebe zu ihnen.

Die Liebe bringt keine Furcht und Qual. Der Teufel tut das!

Wenn der Teufel mit seinem Sack voll Angst daherkommt, dann zittern und beben wir. „Ich fürchtete mich" (Matth. 25,14 ff.), war die Ausrede des Mannes, der sein Pfund in der Erde vergrub, anstatt es zu gebrauchen.

Gott ist nicht der Urheber solcher Furcht. Gott ist die Liebe.

Es gibt eine Art Gottesfurcht, die wir haben sollten. Diese Furcht ist mehr als die Ehrfurcht, die man üblicherweise Menschen entgegenbringt. Wenn Gott uns etwas tun heißt, dann müssen wir es tun. Sonst müssen wir die Folgen des Ungehorsams Seinen Geboten gegenüber tragen.

Was mich betrifft, so werde ich Gott nicht zum Narren halten, denn ich habe Zeiten erlebt, in denen ich viel Lehrgeld zahlen mußte. Gott wird dich eine Klasse seiner Lebensschule durchlaufen lassen, und du solltest alles daransetzen, das Klassenziel zu erreichen.

Gott liebt die, die vor seinem Wort Ehrfurcht haben. Wir sollten bereit sein, auf ihn zu hören.

Dies ist jedoch eine ganz andere Art Ehrfurcht und Furcht. Die Furcht, die der Teufel bringt, hat Qual.

Das tiefste Verlangen meines Herzens ist, daß ich dem gefallen möge, der mich wert geachtet und in den Dienst berufen hat. Ihm zum Gefallen zu laufen, und Ihn am Ende meines Lebens sagen zu hören: „Gut, du braver und treuer Knecht!", ist das größte Verlangen meines Lebens. Ich möchte nicht am Weinstock vertrocknen. Ich möchte nützlich sein, ein Werkzeug in Gottes Hand.

Noch größer als mein Verlangen gebraucht zu werden, ist jedoch sein Verlangen, mich zu gebrauchen. Er erwartet, daß wir alle fruchtbare Christen sind. Er will uns dazu verhelfen.

Einige haben schon zu mir gesagt: „Ich möchte gerne Gott spüren." Wenn sie so etwas sagen, denken sie gewöhnlich an irgendeine Art von gefühlsmäßigen Empfindungen. Sie möchten so etwas wie einen elektrischen Strom spüren, der durch ihren Körper fließt, als Beweis, daß Gott mit ihnen ist. Oder sie möchten solche Erfahrungen machen, von denen sie schon gehört haben – Feuer, Blitze oder ein Licht vom Himmel. Sie glauben, daß dies der einzige Weg ist, Gott zu verspüren. Doch das ist nicht der einzige Weg. Wir können Gottes Gegenwart und Kraft auf vielfache Weise verspüren.

Wie gesagt, Gott ist die Liebe. Eine Weise, Gott zu verspüren, ist, die Liebe zu spüren. Wenn Gottes Liebe in dein Herz ausgeschüttet ist durch den Heiligen Geist, dann spürst du Gott. „... die Liebe Gottes ist ausgegossen in unsre Herzen durch den Heiligen Geist, welcher uns gegeben worden ist" (Röm. 5,5).

Ein göttlicher Strom der Liebe und des Mitleids kann in unser Leben fließen, der nichts mit unserem Verstand zu tun hat und auch nichts mit unserer Persönlichkeit. Er wird plötzlich und auf übernatürliche Weise in unsere Herzen gegeben und steigt in uns auf. Dann strömt er aus uns heraus zu anderen Menschen. Dies ist sicher das Werk Gottes. Wenn du seine Liebe verspürst, dann fühlst du Gott, denn Gott ist die Liebe.

Ich kann mich noch gut erinnern, als ich zum erstenmal diesen Strom der göttlichen Liebe verspürte – eine Woge der göttlichen Kraft. Vor etlichen Jahren, ich war noch Prediger in einer Baptistenkirche, sagte ich zu meiner Gemeinde, daß ich die Taufe im Heiligen Geist suche. Nachdem ich die herrliche Erfüllung mit Gottes Geist erhalten hatte, berichtete ich ihnen von dieser wunderbaren Erfahrung. Ich sagte zu ihnen: „Gott ist ein wunderwirkender Gott, und ich bete dafür, daß in unserer Gemeinde Wunder geschehen."

Ich versuchte Heilungsversammlungen abzuhalten, aber nichts geschah. Ich betete für einen Mann, und er starb. Es schien, als ob nichts richtig wirken würde. Ich machte einige schreckliche Erfahrungen. Ich schrie zum Herrn: „Warum bestätigst Du Dein Wort nicht, Herr?"

Ich stand auf meiner Kanzel und erzählte den Leuten, daß Gott ein Heiler sei. Es ist jedoch ein großer Unterschied, ob ich den Leuten solches erzähle oder ihnen Gottes Wort predige. Die Bibel sagt, daß die Jünger „ausgingen und predigten an allen Orten; und der Herr wirkte mit ihnen und bekräftigte das Wort durch die begleitenden Zeichen" (Mark. 16,20).

Gott hat sich nicht verpflichtet, das zu bestätigen, was ich sage, Er hat sich jedoch verpflichtet, das zu bestätigen, was Er gesagt hat.

Der Herr zeigte mir dies und sprach zu meinem Herzen: „Mein Sohn, geh auf die Kanzel und predige Mein Wort, und Ich werde Mein Wort bestätigen. Ich werde hinter Meinem Wort stehen."

Ich fing an, so zu tun. Sonntag für Sonntag predigte ich treu das Wort.

An einem Mittwochabend schien mir Gott eine besondere Salbung zu geben, und die Schrift wurde lebendig, als die Worte so aus meinem Herzen zur Gemeinde strömten. Der Heilige Geist predigte durch mich, als ich begann, vom Jesus der Bibel zu predigen. Ich fing an, mit Ihm durch das Matthäusevangelium, Markusevangelium, Lukasevangelium und Johannesevangelium zu gehen. Es schien, als ob Er direkt aus der Schrift herausträte und in unserer Mitte stände.

Der Glaube begann zu wachsen. Plötzlich bemerkte ich ein kleines, verkrüppeltes Mädchen, etwa 12 oder 13 Jahre alt, das vorne in der Kirche saß. Es hatte einen steifen Knöchel und mußte einen besonders dafür gearbeiteten Schuh tragen. Ihr Knöchel war so steif wie Stahl. Ich fühlte, wie in meinem Herzen ein göttlicher Strom der

Liebe für dieses Mädchen aufstieg. Es stieg in mir etwas auf, wie eine goldene Schale voller Liebe. Ich dachte im Augenblick nicht daran, daß sie krank oder verkrüppelt war, und mir war nicht bewußt, daß sie Heilung benötigte. Ich fühlte nur eine übernatürliche Art von Mitleid für sie. Diese Liebe floß einfach aus mir heraus zu ihr, und mir war, als ob ich hingehen und sie in meine Arme nehmen sollte.

An diesem Abend wurde ihr Knöchel wieder normal, ohne daß ich ihr meine Hände auflegte. Sie hatte im Glauben zu Jesus aufgeschaut.

Ein göttliches Wunder war geschehen!

Es war der göttliche Strom der Liebe, und eines der ersten Wunder, das sich je in unserer Kirche ereignet hatte.

Jemand mag fragen: „Was geschah diesem kleinen Mädchen? Warum passierte das, ohne daß Hände auf sie gelegt wurden, ja ohne daß überhaupt mit ihr gebetet wurde? Was war dieses göttliche Mitleid?"

Es war Gott!

Gott ist die Liebe, und wer diese Liebe verspürt, fühlt Gott.

Wie die Schriftstelle sagt, die wir weiter oben schon betrachtet haben: „... daß wir einander lieben" (2. Joh. 5). Laß dich leiten von ihr. Folge ihr!

Willst du Gott nachfolgen?

Dann folge der Liebe nach!

Willst du vom Heiligen Geist geführt werden?

Dann laß dich durch die Liebe führen.

Wo immer dieser Strom der Liebe hinfließt, folge ihm.

Oft schon strömte er aus mir über Städte und Staaten hinweg zu einer Person an einem weit entfernten Ort. Ich nahm den Telefonhörer und rief sie an. Wenn ich ganz offen gewesen wäre, hätte ich zu ihnen sagen müssen: „Bruder, es fließt ein Strom von Liebe aus mir zu dir." „Meine Schwester, es fließt ein Strom von Liebe aus mir zu dir, und ich weiß, es ist Gott." Normalerweise sage ich ihnen das nicht. Ich rede seelsorgerlich mit ihnen im Namen des Herrn Jesus Christus. Manchmal erzähle ich ihnen nachher von diesem göttlichen Strom der Liebe, der aus meinem Herzen zu ihnen floß.

Gott stellt Herzen wieder her. Er ermutigt Leben. Er wirkt Wunder durch Seine Liebe.

Folge der Liebe! Laß dich leiten von der Liebe!

Du magst dich fragen: „Wo ist Gott? Wohin führt er mich? Wem soll ich dienen? Wie werde ich es erfahren?"

Gott ist die Liebe. Folge der Liebe. Laß dich leiten von der Liebe.

Der frühere William Branham erzählte eine bemerkenswerte Geschichte, wie diese göttliche Liebe einmal auf ungewöhnliche Weise aus ihm strömte.

Bruder Branham war ein Mann, der die freie Natur und die Jagd liebte. Er hielt sich gerne draußen in der freien Natur auf. Einst ging er über eine Wiese, ein wilder Stier sah ihn und begann unruhig zu stampfen. Plötzlich stürmte er auf ihn zu. Bruder Branhams erste Empfindung war Furcht. Dann stieg plötzlich diese Liebe, von der wir gesprochen haben, in ihm auf. Er berichtet: Ich weiß nicht, wie ich es erklären soll, in meinem Herzen verspürte ich mit einemmal solch eine Liebe für diesen Stier. Ich sprach zu ihm in meinem Sinn: „Sei gesegnet! Du bist ja nur ein dummes Tier und verstehst nicht, daß ich nicht in dein Reich eindringen will. Du verstehst auch nicht, daß ich keine Feindseligkeit gegen dich hege und nicht hierher gekommen bin, um dich zu stören. Ich werde dir keinen Schaden tun. Du verstehst ebenfalls nicht, daß Gott dich und mich geschaffen hat. Du bist ein unvernünftiges Tier und ich bin das Ebenbild Gottes. Ich stelle für dich keine Bedrohung dar, denn ich bin Gottes Diener."

Er hat dem Stier nicht geboten. Diese Gedanken gingen ihm durch den Sinn, und während er so dastand, strömte diese göttliche Liebe aus ihm.

Der Stier stürmte immer noch auf ihn zu und war vielleicht noch etwa vierzig bis fünfzig Meter von ihm entfernt. Auch als er näher kam, berichtete Bruder Branham, spürte er weder Furcht noch Schrecken. Er stand ruhig da und fühlte dieses Mitleid in seinem Herzen. Er wußte, daß das Tier nichts verstand.

Einige Meter von Bruder Branham hielt der Stier plötzlich an, senkte seinen Kopf, ging unter einen Baum und legte sich nieder!

Oral Roberts ist auch jemand, dessen Dienst Gott außergewöhnlich gesegnet hat. Er ist ein Mann voll Mitleid für die Kranken und Belasteten. Er selbst fühlt sich so unfähig, den vielen Tausenden, die sein Gebet suchen, in ihren Nöten zu dienen. Er ist ganz davon abhängig, daß Gott die Kranken heilt.

Ich hörte ihn einst erzählen, wie er in ein Krankenhaus gerufen wurde, um einem kranken Baby eines Krankenhausangestellten, der auch für ihn arbeitete, zu dienen. Das Kind war dem Tode nahe und lag bereits unter einem Sauerstoffzelt. Besucher waren nicht mehr zugelassen. Bruder Roberts wurde es trotzdem erlaubt, den Raum zu betreten. Er konnte das Sauerstoffzelt nicht anheben, um dem Baby die Hände aufzulegen und mit ihm zu beten, so streckte er nur den Finger an einer Ecke des Zeltes hinein und berührte den kleinen Fuß.

Als er einige Zeit so dastand, fühlte er etwas durch sich hindurch auf das Kind strömen. Es war Gottes Liebe, die durch ihn zu dem Baby floß. Am nächsten Morgen war das Kind auf dem Weg der Besserung!

Gott ist die Liebe.

Wenn du Jesus Christus als deinen persönlichen Erlöser angenommen hast, dann ist die Liebe Gottes ausgegossen in dein Herz durch den Heiligen Geist. Wenn du getauft worden bist im Heiligen Geist, dann fließt diese Liebe noch viel stärker.

Ich will dich anspornen, nie dem Haß zu folgen. Folge nie schlechten Gedanken oder dem Drang, etwas heimzuzahlen. Vergelte nie Böses mit Bösem. Folge nie dem, was selbstsüchtig ist oder was voll Geiz oder Habgier ist. Diese Dinge sind nicht von Gott.

Folge dem göttlichen Strom der Liebe. Laß dich jeden Tag von ihm leiten!

Ich bin sicher, daß du schon einmal diese göttliche Liebe verspürt hast. Du hast vielleicht gerade ein Mittagessen gekocht, den Boden gewischt oder eine andere Arbeit verrichtet, und plötzlich hast du an jemanden in Liebe und Zärtlichkeit gedacht.

Du hast bei dir selbst gedacht: „Herr, segne Schwester Jones. Ich würde sie gerade jetzt gerne sehen und sie herzlich umarmen. Ich würde gerne einen Kuchen backen und ihr ihn bringen!"

Folge diesem Drang. Das ist Gott.

Versäume diesen Segen nicht. Du bist dabei, Gott zu erleben. Laß dich leiten von der Liebe.

Folge der Liebe.

Wo ist sie? Strömt sie z. B. zu Schwester Jones' Haus, dann steig in deinen Wagen und folge diesem Strom. Fahr hin, so schnell du kannst. Besuche sie oder rufe sie an. Diene ihr, während Gott sich in deinem Herzen bewegt. Sie braucht mehr als einen Kuchen. Sie braucht Gottes wunderwirkende Kraft!

Gottes Liebe wird nicht in uns fließen, wenn wir selbstsüchtig und gemein sind. Gottes Liebe wird nicht in uns fließen, wenn wir habgierig sind oder uns aufregen und streiten.

Ich habe verheiratete Ehepaare sagen hören: „Wir haben 50 Jahre zusammen gelebt und hatten nie ein böses Wort füreinander." Ich weiß nicht, was ich dazu sagen soll. Entweder sind sie Lügner oder Vergeßliche, oder hat jeder einen Engel geheiratet. Kann sein, daß es wahr ist, aber irgendwie fällt es mir schwer, das zu glauben. Ich bin einfach nicht überzeugt.

„Hast du und deine Frau nie Streit gehabt?" wirst du vielleicht fragen. Ja, wir hatten das gelegentlich schon einmal. Oh, ich meine nicht, daß es zu Schlägereien oder ähnlichem gekommen ist. Es ist jedoch nicht möglich, eine Familie in der heutigen Welt großzuziehen, ohne daß es nicht gelegentlich Spannungen irgendwelcher Art gibt.

Trotzdem darfst du nicht Bitterkeit und Feindschaft in deinem Herzen dulden. Du kannst nicht häßliche Gefühle haben und trotzdem den göttlichen Strom der Liebe, von dem ich spreche, fühlen wollen.

Wenn du einen Streit mit deinem Ehegatten oder deiner Ehefrau hast, dann hast du die Wahl. Du kannst herumlaufen voller Bitterkeit, du kannst schmollen und mürrisch handeln, du kannst einige Stunden nicht zu sprechen sein, oder du kannst dich entschuldigen und die Luft reinigen.

In all den Jahren haben meine Frau und ich eine Übereinkunft getroffen, die uns gut geholfen hat, wenn Spannungen in unseren Beziehungen aufgetreten sind. Die Bibel sagt: „... die Sonne gehe nicht unter über eurem Zorn" (Eph. 4,26). Oft habe ich mich beeilt, nach Hause zu kommen, bevor die Sonne unterging. Wie meine Frau euch bestätigen kann, gab es Zeiten, in denen ich ins Haus rannte und sagte: „Liebling, die Sonne geht unter. Vergib mir, bitte, vergib mir!"

Es gibt jedoch noch einen besseren Weg. Wir haben gelernt, in Zeiten der Spannungen und Anspannungen uns einfach an den Händen zu halten und zu sagen: „Jetzt wollen wir nicht auseinandergehen. Es ist nicht nötig, diese Spannungen noch weitere fünf Minuten oder eine weitere Stunde aufrecht zu erhalten." Dann übergeben wir alles Gott, gerade wo wir sind, und wenn wir diesen Platz verlassen, ist alles vergeben und in Ordnung gebracht.

Wir können nicht Groll und Bosheit in uns beherbergen und dann noch erwarten, daß Gott, der Liebe ist, durch uns wirkt. Laßt uns unser Herz rein halten von aller Feindschaft gegeneinander. Laßt uns willig sein, uns zu demütigen und keine höhere Meinung von uns selbst zu haben, als es sich gebührt, und Frieden zu machen mit jedermann. Dann wird die Liebe Gottes in unseren Herzen wohnen.

Die Taube ist ein Sinnbild des Heiligen Geistes. Die sanfte Taube des Heiligen Geistes wird nicht bleiben und die Liebe Gottes ausgießen, wenn wir Feindschaft und Unversöhnlichkeit in unseren Herzen haben.

Willst du Gott folgen?

Willst du geführt sein von Gott?

Gott ist Liebe! Wo die Liebe fließt, da wirkt Gott. Folge ihr und laß dich leiten von der Liebe.

Du wirst dich vielleicht fragen: „Wo werde ich heute hingeleitet?" Laß dich mit der Liebe füllen und schau, wo sie hinfließt. Du brauchst dies nicht selber zu machen. Wenn dieser göttliche Strom der Liebe kommt, dann wirst du unwillkürlich beginnen, an andere zu denken. Es ist nicht notwendig zu sagen: „Ich werde heute die Namen aller Bekannten vor mir ausbreiten und sehen, wohin die Liebe führt." So geht es nicht. Bleibe einfach voller Liebe und bete. Bleibe voll Heiligen Geistes. Plötzlich wirst du jemanden im Herzen haben. Liebe Gott und tue deine

Arbeit. Wenn du dann fühlst, wie Gottes Liebe durch dich zu einer bestimmten Person hinfließt, dann handle sofort. Zögere nicht. Nimm den Telefonhörer und rufe sie gleich an oder gehe selbst zu ihr, wenn es möglich ist.

Wenn der Herr auf diese Weise in mir wirkt, indem er Seine übernatürliche Liebe für einen bestimmten Menschen in mein Herz strömen läßt, dann nehme ich den Telefonhörer und wähle die Nummer dieses Menschen. Ich sage: „Lieber Bruder, ich kenne deine Not zwar nicht (es sei denn, Gott hat sie mir zuvor offenbart), doch Gott hat mir den Eindruck gegeben, daß Er dich heute segnen wird und daß Seine Liebe zu dir fließt. Was immer du auch brauchen magst, du wirst es erhalten, denn Gottes Liebe scheint in dein Herz. Gott hat mich heute zu dir geführt, um dir im Namen des Herrn Jesus zu dienen."

Schon oft sind diese Menschen in Tränen ausgebrochen und haben gesagt: „Oh, du kannst dir nicht vorstellen, welche Last mich bedrückte!" Aber Gott kannte sie.

Als ich einmal die Zeitschrift eines bekannten Predigers flüchtig durchschaute, fühlte ich in meinem Geist einen Zug hin zu ihm. Ich spürte solch eine Wärme für ihn und dachte: „Herr, segne sein Herz. Er hat so vielen Menschen in manchen Gegenden geholfen." Ich legte jedoch die Zeitschrift einfach weg, ohne mehr für ihn zu tun. Ich vergaß es an jenem Tag. Ich hatte mich nicht dem Heiligen Geist überlassen. Ich dachte: „Es hat mich nie besonders interessiert, was er tut." Nicht, daß ich etwas gegen ihn gehabt hätte, ich war einfach noch nie von seinem Dienst angezogen worden.

Etwa zwei Wochen später wirkte der Herr wieder an mir wegen dieses Mannes. Sein weltweiter Dienst ist weit größer, als es meiner jemals sein wird. Ich nahm seine Zeitschrift, und während ich dies tat, spürte ich wiederum die Wärme der göttlichen Liebe in meinem Geist für ihn.

Ich dachte: „Herr, segne ihn. Er hat viel gebetet und hart für Dich gearbeitet!" Dann erkannte ich, daß dies nicht nur ein warmes Gefühl war. Dies war Gottes Liebe, die versuchte, durch mich zu strömen, um Seinen Knecht zu segnen und ihn über Berge hinweg in einem anderen Staat, wo er lebte, zu erreichen.

Ich nahm den Telefonhörer und rief ihn direkt an. Als er am Telefon antwortete, sagte ich: „Bruder, ich möchte dir nur sagen, daß Gott dich liebt. Ich möchte dich ermutigen und dir sagen, daß du eine gute Arbeit für den Herrn tust. Gott wird dich stärken, und welche Probleme du auch immer haben magst, es wird alles recht werden." Dann betete ich für ihn und diente ihm im Heiligen Geist.

Ich glaube, er weinte direkt durchs Telefon. Er sagte: „Bruder Osteen, zwei Wochen lang spielt mir der Teufel schon ganz übel mit, und ich hätte beinahe meine Büros zugemacht. Meine ganze Arbeit ist fast zerstört worden. (Zwei Wochen vorher hatte Gott mir diesen Mann aufs Herz gelegt, aber ich hatte versagt, ich war der Liebe nicht gefolgt. Ich hatte mich ihr verschlossen.) „Du wirst es nie erfahren", fuhr er fort, „und wirst es nie ermessen können, was dieser Anruf für mich bedeutet. Ich habe noch nie einen solchen Anruf erhalten wie diesen. Er bedeutet so viel für mich, Bruder Osteen."

So oft machen wir eine verwickelte Sache daraus. So ist es jedoch nicht. Gott ist die Liebe! Folge der Liebe! Laß dich leiten von der Liebe!

Ein anderes Mal, als ich diesen göttlichen Strom der Liebe spürte, war ich in einer Evangelisation in Texas. Während dieses Feldzuges beschloß ich, im Glauben kühn voranzugehen. Das wurde wirklich ein Wendepunkt in meinem Dienst. Ich stellte fest, daß ich große Dinge für Gott tun könnte, wenn ich nur meinen Glauben betätigte – wenn ich kühn Seine Verheißungen verkündigte.

Eines Abends kam ein kleines Mädchen von ungefähr neun Jahren nach vorne zum Gebet. Eines ihrer Beine war etwa 4 cm kürzer als das andere, und sie mußte einen Schuh mit einer dickeren Sohle tragen. Von frühester Kindheit an mußte sie nachts in einem Gitterbett schlafen.

Der Prediger Ward Chandler, ein Baptistenprediger, der unter den Zuhörern saß, kam auf die Bühne und half mir, ihre Beine zu messen. Er hatte zu diesem Zeitpunkt noch keine Taufe im Heiligen Geist. Er sagte: „Ich werde aufpassen, daß hier richtig gemessen wird." Er brachte ihre Knie zusammen, maß und fand, daß ein Bein etwa 4 cm kürzer war als das andere.

Ich legte meine Hände auf das Mädchen und betete für sie, indem ich sagte: „Gott, ich bitte Dich, heile dieses Kind im Namen Jesu Christi." Sie erzählte mir später, daß, als ich die Hände auf sie legte und für sie betete, sie ihr Herz auftat und Jesus als ihren Erlöser annahm.

Ich wartete nicht darauf, daß ihr Bein wachsen würde. Mein Glaube war nicht sehr stark, und um die Wahrheit zu sagen, ich war noch nicht einmal sicher, ob es wachsen würde. Ich wollte nur für das Mädchen beten und den Rest Gott überlassen.

„Nun gut, Liebling, steh auf", sagte ich zu dem kleinen Mädchen. Sie ging hinkend von der Bühne.

Als ich sie so beim Abgang von der Bühne beobachtete, fühlte ich einen Strom der Liebe, der ihr zufloß. Ich wollte zu ihr gehen, sie in meine Arme nehmen und sagen: „Oh, ich möchte, daß du geheilt wirst. Ich möchte, daß du gesegnet wirst. Ich möchte, daß du einen neuen Rock und gute Kleider bekommst. Ich möchte, daß du genügend gute Nahrung zu essen hast."

Dies war Gottes heiliger Strom der Liebe, der von mir aus zu dem Kind floß. Er schien von meinem Herzen zu ihr zu reichen, während sie wegging.

Dann geschah es! Es schien, daß dieser Strom der Liebe sie erreichte und berührte.

Als sie etwa 10 m von mir entfernt war, hielt sie plötzlich an und drehte sich um. Die Zuhörerschaft von mehreren hundert Personen saß schweigend vor mir, als sie sagte: „Ich fühlte es wachsen!"

„Was hast du gesagt", fragte ich.

„Ich fühlte es wachsen. Ich fühlte, wie mein Bein länger wurde!" sagte sie.

Ich rief sie zu mir und setzte sie auf den Stuhl, um ihre Beine nochmals zu messen. Der Baptistenprediger Ward Chandler sprang auf und kam, um zu helfen. Er wollte sicherstellen, daß die Knie genau beieinander wären, wenn wir messen würden, und daß da keine falschen Tricks irgendwelcher Art angewendet würden. Er wollte sicher sein, daß alles mit rechten Dingen zuging.

Als wir ihre Knie zusammentaten, sahen wir, daß ihre Beine vollständig gleich waren! Dann explodierte die Zuschauerschaft vor Freude! An jenem Abend empfing Dr. Ward Chandler die Taufe im Heiligen Geist!!

Du fragst: „Wie kann ich Gott folgen? Wie kann ich Seine Führung erkennen und von Ihm geführt sein?"

Gott ist die Liebe!

Wer diese Liebe spürt, spürt Gott!

Laß dich leiten durch sie!

Wandle in ihr!

„Wohin soll ich gehen?" fragst du vielleicht.

Gehe dem Strom der Liebe nach. Laß dich leiten durch ihn und folge ihm, denn wo die Liebe strömt, da geht und arbeitet Gott.

Viele von euch, die dieses Büchlein lesen, haben irgendwann einmal diesen göttlichen Strom der Liebe verspürt.

Doch viele versäumen diese kostbare Erfahrung, weil sie sich zurückhalten, wenn Gott an ihnen wirkt. Sie überlassen sich ihm nicht, um hinauszugehen und das Leben anderer zu berühren und zu segnen.

Warte nicht auf eine Art „göttlichen" Knall. Warte nicht, bis du entflammt bist, wie wenn du in eine elektrische Lampenfassung gesteckt worden wärst. Warte nicht auf irgendeine Sinneswahrnehmung.

Gott ist die Liebe. Derjenige, der dieser Liebe folgt, folgt Gott, und wer von der Liebe geführt ist, ist von Gott geführt.

Du sagst vielleicht: „Das hört sich so einfach an." So ist es auch!

Viele Menschen wollen diese Liebe nicht, sie möchten lieber jubeln und singen und ein wenig Gottes Gegenwart verspüren. Wie armselig sind sie in ihrem Geist! So kann man nicht leben.

Der Apostel Paulus sagte: „Strebet aber nach den besten Gaben; doch zeige ich euch jetzt einen noch weit vortrefflicheren Weg" (1. Kor. 12,31). Dann sagte Paulus im nächsten Kapitel: „Wenn ich mit Menschen- und Engelzungen rede, aber keine Liebe habe, so bin ich ein tönendes Erz oder eine klingende Schelle. Und wenn ich weissagen kann und alle Geheimnisse weiß und alle Erkenntnis habe und wenn ich allen Glauben besitze, so daß ich Berge versetzte, habe aber keine Liebe, so bin ich nichts" (1. Kor. 13.1-2). Paulus will deutlich machen, daß selbst wenn wir in Zungen reden, Gaben des Geistes haben, uns aber die Liebe fehlt, wir nichts sind.

Paulus fährt fort in diesem Kapitel: „Die Liebe ist langmütig und gütig, die Liebe beneidet nicht, sie prahlt nicht, sie bläht sich nicht auf, sie ist nicht unanständig, sie suchet nicht das Ihre, sie läßt sich nicht erbittern, sie rechnet das Böse nicht zu, sie freut sich nicht über die Ungerechtigkeit, sie freut sich aber der Wahrheit" (1. Kor. 13, 4-6).

Und in einer anderen Übersetzung heißt es: „Dein ganzes Trachten sei Liebe."

Wenn du alles hättest in dieser Welt, all das Wissen, das dir die besten Universitäten verrnitteln können, dein Herz jedoch nicht voll Liebe ist, so zählt alles nichts. Bist du geleitet von der Liebe, dann kannst du einige der reichsten Segnungen Gottes in deinem Leben erfahren.

Vor allem anderen mußt du voll Liebe werden. Erlaube der Liebe Gottes, durch den Heiligen Geist in dein Herz ausgegossen zu werden, täglich, stündlich. Wandle in der Liebe, laß dich leiten von ihr und folge ihr.

Der Erfolg des christlichen Lebens wurzelt in der Liebe. Die Frucht des Geistes ist vor allem Liebe. Wenn du die herrliche Liebe Gottes verspürst, dann spürst du den Heiligen Geist. Wenn du dieser Liebe folgst, dann arbeiten Gott und du zusammen.

Jesus sagte: „Mein Vater wirkt bis jetzt, und ich wirke auch" (Joh. 5,17). Der Vater wußte, wer bereit war, und er weiß auch heute, wer bereit ist. Er wird diese Liebe in dein Herz legen, wenn du ihm erlaubst, dich zu benutzen, um andere zu segnen. Jesus sagte: „Folget mir nach, und ich will euch zu Menschenfischern machen!" (Matth. 4,19).

Werde alle Bitterkeit los, die vielleicht noch in deinem Herzen ist. Vermeide allen Streit und Bitterkeit. Laß keine unflätige Rede über deine Lippen kommen. Stehe recht vor Gott und lebe in Frieden mit den Menschen. Wenn jemand an dir falsch handelt, vergib ihm sofort, so wirst du keinen Groll beherbergen. Befreie dein Herz von allem, was dem Herrn mißfällt, und bleibe demütig vor ihm.

Mit reinen Absichten im Herzen kannst du voll Mitleid sein, während du täglich Gott dein Herz mit seiner göttlichen Liebe füllen läßt.

Dann, wenn du es am wenigsten erwartest, wird dir irgend jemand in den Sinn kommen, und du wirst gedrängt, sie anzurufen oder zu besuchen. Oder vielleicht sitzt du in der Versammlung neben ihnen. Das ist mir passiert. Manchmal saß ich unter der Zuhörerschaft, als plötzlich Gottes Liebe durch mich zu einzelnen von ihnen floß.

Einmal, als ich eine Versammlung in Norman, Oklahoma, hielt, schaute ich eines Abends auf die Zuhörer und fühlte mich besonders zu einem bestimmten Mann hingezogen, der mitten unter der Menge saß. Es waren mehrere hundert Menschen anwesend, und ich kannte nicht viele von ihnen. Ich hatte diesen Mann noch nie gesehen, er war mir fremd.

Ich deutete auf ihn und sagte: „Mein Herr, würden Sie bitte aufstehen. Ich spüre die Liebe Gottes aus meinem Herzen Ihnen zuströmen. Ich weiß nicht, was bei Ihnen nicht stimmt oder was Sie vielleicht brauchen, ich möchte jedoch nur sagen, daß Gott Sie liebt. Was für Probleme Sie auch haben mögen, alles wird recht werden, denn Gottes Liebe scheint auf Sie."

Ich begann ihm zu dienen und einige Dinge zu sagen. Er stand mit Freude und Jubel auf und sagte: „Als ich die Autobahn entlang fuhr, sprach Gott zu mir in meinen Sorgen, Schwierigkeiten und meinem Durcheinander: ,Da findet eine Versammlung statt in dieser Stadt, und wenn du in diese Versammlung gehst, werde ich zu dir sprechen im Gottesdienst!' "

Gott ist die Liebe! Folge der Liebe, und du folgst Gott!

Eines der größten Wunder, das ich je den Heiligen Geist in Jesu Namen tun sah, war die Heilung meiner Schwester.

Vor Jahren hörte ich, daß meine Schwester krank geworden war mit einer Krankheit ähnlich der Epilepsie, ich wußte jedoch nicht, wie schwer krank sie war. Wir hatten keine enge Verbindung mehr miteinander, seit ich die Taufe im Heiligen Geist empfangen hatte. Es bestand keine wirklich warme Gemeinschaft zwischen uns.

Ich hatte meine Schwester einige Jahre vorher für den Herrn gewonnen. Tatsächlich war sie die erste Person, die ich je zu Christus geführt hatte. Nachdem ich errettet worden war, blieb ich normalerweise zu Hause und las nur meine Bibel. Sie zog sich an und ging in Nachtklubs. Eines Abends nach dem Abendessen saß ich am Tisch und las die Bibel. Als sie vorüberging, fragte sie mich: „John, warum liest du jetzt die Bibel, statt dahin zu gehen, wo du früher hingegangen bist?" Ich war sehr zaghaft zu jener Zeit und fürchtete mich, jemandem zu sagen, daß ich errettet worden war. Ich blieb einfach zu Hause und las die Bibel. Ich hatte nicht den Mut, ihnen zu erzählen, was mir passiert war. Als sie mich fragte, brachte ich genug Mut zusammen, um ihr zu sagen: „Mary, ich wurde errettet. Der Herr Jesus hat mich errettet, und ich bin fertig mit der Welt."

Ich dachte, sie würde mich auslachen und verspotten. Statt dessen fing sie an zu weinen. Sie sagte: „Glaubst du, er würde auch so jemanden retten wie mich?" Ihr seht, die Welt ist nicht annähernd so hart, wie wir denken.

„Ich nehme an, daß Er das tun wird, Mary", sagte ich ihr. „Er hat mich errettet." So kniete sie sich neben dem Eßzimmertisch nieder und gab ihr Herz Jesus. Seit dieser Zeit war sie immer eine gute Christin und lehrte viele Jahre in der Sonntagschule in der Hampton-Baptistenkirche in Dallas, Texas. Ihre Klasse wuchs so sehr unter ihrer Betreuung, daß sie öfters aufgeteilt werden mußte. Doch dann kam eine schreckliche Krankheit über sie – eine große Prüfung ihres Glaubens. Der Teufel ging auf sie los mit heftigen Krämpfen. Die Anfälle, so sagte man uns, waren ähnlich wie Epilepsie. Ich glaube aber nicht, daß es Epilepsie war. Ich glaube, es war der Teufel.

Sie verlor ihren Sinn für die Wirklichkeit. Sie konnte sich nicht mehr an die Schriftstelle erinnern, die sie auswendig gelernt hatte. Sie konnte sich nicht einmal mehr an den Namen Gottes erinnern. Sie wurde wie in ein dunkles Loch gezogen, und Schrecken erfüllte ihr Herz.

Monate des Leidens folgten. Ihr Mann gab Tausende und Abertausende von Dollar aus für Krankenhausaufenthalte, Untersuchungsinstitute und Schock-Behandlungen. Schließlich sandte man sie ohne Hoffnung auf Genesung nach Hause.

So lag sie mit einer gequälten Seele in der 2448 Bentley Avenue in Dallas, Texas. Ihre Augen waren glasig. Sie war unfähig zu gehen, da sie kein Gleichgewicht mehr halten konnte. Sie mußte mit dem Löffel gefüttert werden wie ein kleines Kind. Sie konnte nicht einmal aufstehen und ins Badezimmer gehen. Krankenschwestern mußten sie 24 Stunden am Tag betreuen. Manchmal schrie sie vor Schrecken, wenn der Teufel sie plagte.

Während eines solchen Qual-Zustandes sprang sie auf und packte meine Mutter. Während sie sie festhielt, schrie sie, daß sie sterben wolle, um von solcher Qual befreit zu werden. Dann schrie sie, aus irgendeinem Grund, der ihr damals unbekannt war: „Rufe John, rufe John!" Sie meinte mich.

Zu diesem Zeitpunkt wußte ich nichts von der Qual, die sie erdulden mußte. Ich wußte nicht, daß die Ärzte sie aufgegeben hatten.

Während ich in meinem Auto mit meiner Frau, Schwiegermutter und unseren Kindern die East-Texas-Überlandstraße in Houston, Texas, entlang fuhr, stand mir plötzlich meine Schwester vor Augen. Es war keine ausgesprochene Vision, eher eine geistliche Wahrnehmung. Augenblicklich begann dieser goldene Strom der Liebe herauszufließen in Richtung Mary, meiner Schwester. Wie kann ich es beschreiben? Es ist so wunderbar, diesen göttlichen Strom der Liebe zu verspüren. Ich wußte, Gott war bereit, ihr zu helfen, ganz gleich, was ihre Not auch war. Gott half mir, ihre verzweifelte Lage zu erkennen, und ich sah, wie seine Liebe zu ihr floß.

Ich drehte mich zu meiner Frau und meiner Schwiegermutter um und sagte: „Mary ist verzweifelt krank, doch Gott hat zu mir gesprochen, daß die Stunde ihrer Befreiung gekommen ist."

Zwei Tage später rief mich meine Mutter an, um mir mitzuteilen, daß Mary sehr krank sei, daß es schlimmer um sie stehe, als sie geglaubt hätten. Ich antwortete: „Mutter, ich weiß alles. Gott sprach zu mir vor zwei Tagen und sagte: „Die Stunde der Befreiung ist gekommen!"

Mutter begann zu weinen und fragte: „Wann kannst du kommen?" Sie hatte zu der Zeit noch nicht die Taufe im Heiligen Geist. Dies ist ein Beispiel dafür, daß, selbst wenn deine Familie deine Erfahrung mit dem Heiligen Geist nicht versteht, du in der Liebe stehen und den rechten Augenblick abwarten sollst. Die Zeit wird kommen, wenn sie sagen: „Wann kannst du kommen?"

Ich sagte zu ihr: „Mutter, wir erwarten jetzt jeden Augenblick ein Baby, und ich kann nicht kommen, ehe das Baby geboren ist." Das Baby kam in jener Nacht zur Welt und ich verließ meine Frau im Krankenhaus, um nach Dallas zu fahren, wo meine Schwester war. Unterwegs hatte ich eine 400 km-Gebetsversammlung. Auf dem ganzen Weg sprach ich in Zungen. Ich kann mir vorstellen, daß ein Teufel auf meinem Wagendach und weitere auf jedem Stoßdämpfer saßen und sich wunderten: „Was redet der denn da?" Sie konnten es jedoch nicht verstehen, denn wenn wir in Zungen reden, reden wir Geheimnisse Gottes und der Teufel kann uns nicht verstehen.

Bevor ich von zu Hause wegfuhr, sagte der Teufel zu mir: „Deine Schwester Mary wird nicht geheilt werden. Das bildest du dir alles nur ein." Er hämmerte damit auf mich ein, bis ich anfing, mich niedergeschlagen und entmutigt zu fühlen. In meiner Mutlosigkeit schrie ich zum Herrn und sagte: „Herr, der Teufel erzählt mir dauernd, daß meine Schwester Mary nicht geheilt wird. Ich glaube, ich habe von Dir etwas gehört. Herr, sprich zu mir jetzt, bitte. Du weißt, wie unwissend ich bin. Ich weiß nicht viel über diesen Fall. Sprich du gerade jetzt zu mir."

Dann tat ich etwas, was ich nicht als allgemeine Übung empfehle, da man auf diese Weise in ziemliche Schwierigkeiten kommen kann. Aber der Herr sah meine Verzweiflung, meine äußerste Abhängigkeit von ihm und den Verheißungen seines Wortes, und er war barmherzig mit mir.

Ich öffnete meine Bibel, legte meinen Finger auf eine Schriftstelle und bat Gott in eindeutiger Weise zu mir wegen meiner Schwester Mary zu reden. Es war Lukas 1,30: „Fürchte dich nicht, Maria! Denn du hast Gnade bei Gott gefunden" (Luk. 1,30). Mein Herz floß über im Lobpreis! Warum? Der Herr hatte sogar den Namen meiner Schwester genannt! „Fürchte dich nicht, Maria! Denn du hast Gnade bei Gott gefunden."

Wie ich schon sagte, ich empfehle nicht, daß wir Führung auf diese Weise suchen, es sei denn in außergewöhnlichen Umständen. Die Bibel ist kein Zauberbuch. Sie ist nicht eine Art von astrologischem Spielzeug. Manchmal jedoch spricht Gott zu uns auch auf diese Weise.

Als ich in Dallas ankam, ging Prediger H. C. Noah, Pastor der Oak Cliff Assembly of God Gemeinde, mit mir zu Marys Haus. Als wir eintraten, lag sie im Bett. Sie erkannte mich nicht. Als wir bei ihr standen, sagte ich: „Ihr Teufel, ich gebiete euch im Namen des Herrn Jesu Christi, meine Schwester Mary zu verlassen. Verlaßt diesen Raum und verlaßt dieses Haus. Im Namen Jesu Christi, steh auf und wandle, Mary."

Dann schien es, als ob vier Leute sie gepackt und aus dem Bett geworfen hätten. Zu diesem Zeitpunkt wußte ich nicht, daß sie nicht gehen konnte, weil sie das Gleichgewicht nicht halten konnte. Es sah einfach so aus, als ob jemand sie aus dem Bett gegen die Wand geworfen hätte. Sie stand nicht auf. Sie klappte zusammen wie eine Faltschachtel. Bruder Noah und ich hoben sie auf und führten sie in die Mitte des Schlafzimmers. Wir legten die Hände auf sie und fingen an, in Zungen zu beten. Dann sagte ich zu ihr: „Empfange den Heiligen Geist", und sie begann, in anderen Zungen zu reden! Sie empfing die Taufe im Heiligen Geist!

Wir ließen sie los und sie konnte stehen. Sie machte einen Schritt und noch einen, und ehe wir es uns versahen, ging sie nicht nur, sondern rannte durchs Haus und pries Gott. An diesem Tag wurde sie geheilt! An diesem Tag konnte sie wieder zu Tisch sitzen und ganz normal essen. An diesem Tag legte sie die Tabletten weg, die sie seither genommen hatte. An diesem Tag wurde sie wieder normal. Viele Jahre sind seither vergangen und sie ist immer noch normal.

Sie sagte mir später: „Das erste Anzeichen meiner Heilung kam, als ich jemanden in einer Sprache reden hörte, die ich nicht verstand. Diese Sprache ging über meinen Verstand direkt in meinen Geist. Sie befreite mich und brachte mir Heilung."

„Mary", fragte ich, „warum bist du so schnell aus dem Bett gesprungen?"

„Ich hörte Gott sagen: Mary, steh auf und wandle."

„Nein, du hast das mich sagen hören. Ich sagte dir, du sollst aufstehen und wandeln", antwortete ich.

„Nein, John. Ich hörte Gott sagen: Steh auf und wandle."

„Aber ich stand doch an deinem Bett und sagte: Steh auf und wandle", argumentierte ich.

Sie wurde etwas ungeduldig mit mir, als sie nachdrücklich betonte: „Nein, ich hörte eine Stimme wie aus uralten Tagen, die direkt aus der Ewigkeit zu mir kam. Die majestätische Stimme sagte: Steh auf und wandle!"

Wenn wir im Heiligen Geist wandeln, werden unsere Stimmen verschmolzen mit der Stimme des Allmächtigen!

Was heißt das? Gott ist die Liebe, und es floß ein Strom der Liebe den ganzen Weg entlang von Houston nach Dallas, wo Mary lag. Ich folgte der Liebe und dadurch Gott, und ein Wunder war das Ergebnis.

Ich hätte mir wünschen können, einige außergewöhnliche Kundgebungen zu haben, um mich zu führen. Doch solche großen Ereignisse sind selten und nicht naheliegend. Wir können jedoch täglich durch den göttlichen Strom der Liebe von Gott her geleitet werden.

Gott ist die Liebe! Jesus wurde vom Mitleid bewegt.

Laß dich leiten von der Liebe!

Folge der Liebe!

Wenn du dieses geistliche Mitleid, genannt Liebe, verspürst, dann spürst du Gott.

Möge der Herr dir helfen, diesem göttlichen Strom der Liebe zu folgen und einer Menschheit in Not Befreiung zu bringen.

Laß mich ein Ereignis mitteilen, das sich in unserer Kirche abgespielt hat, kurz nachdem ich die Taufe im Heiligen Geist empfangen hatte. Wir waren in der Sonntagmorgenversammlung. Als der Altarruf gegeben wurde, kam ein junger Knabe von etwa 12 Jahren nach vorne. Ich fragte ihn, was er wünsche, daß der Herr für ihn tun solle. Er antwortete: „Bruder Osteen, ich bin auf einem Auge blind. Ich möchte, daß der Herr mich heilt."

Ohne Vorwarnung verspürte ich etwas Übernatürliches in meinem Herzen aufsteigen. Es war nicht menschliche Zuneigung. Es war übernatürlich. Ich verspürte den göttlichen Strom der Liebe. Als ich das so empfand, schien es, als ob der Herr diese Worte noch einmal zu mir spräche: „Bruder Osteen, ich bin blind!" Die Worte schienen die ganze Welt zu füllen. Sie wurden zum Hilfeschrei, der mich stark bewegte. Diese Worte weckten in mir das Verlangen zu weinen. „Bruder Osteen, ich bin blind!" Ich erkannte diesen Strom. Gott sprach diese Worte im göttlichen Strom der Liebe!

Wir standen am Altar. Gott ist die Liebe. Seine Liebe floß auf diesen kleinen Jungen. Wir folgten einfach diesem göttlichen Strom und streckten uns aus und baten Gott, ihn im Namen Jesu Christi zu heilen. In diesem Augenblick wurde sein Auge geöffnet und er konnte vollkommen sehen!

Ich sah diesen jungen Mann vor ein paar Tagen wieder. Seine Heilung geschah vor 13 Jahren. In der Zwischenzeit war er beim Militärdienst und wurde nach Ableistung seiner Dienstzeit entlassen. Er war jetzt ein großer, starker Mann. Ich fragte ihn wegen seines Auges und des Wunders an jenem Sonntagmorgen. Er sagte: „Bruder Osteen, seit jenem Tag, da Gott mein Auge von Blindheit geheilt hat, hatte ich nie mehr etwas anderes als ein vollkommenes Sehvermögen."

Im Laufe der Jahre haben wir solches schon oftmals erlebt. Wenn ich vor Zuhörern stand, konnte ich diesen Strom der göttlichen Liebe fühlen, beinahe sehen, wie er auf verschiedene Personen in der Gemeinde floß. Indem ich diesem Strom folgte, war ich in der Lage, denen zu helfen, die Gott bereits behandelte. Er hatte sie vorbereitet für Seine wunderbare Berührung.

Laß es mich nochmals sagen.

Gott ist die Liebe!

Wenn du diesen göttlichen Strom der Liebe verspürst, dann spürst du Gott!

Laß dich leiten durch diesen göttlichen Strom!

Folge ihm!

Er wird dich zu derjenigen Person führen, von der Gott will, daß du ihr hilfst. Wenn du dorthin kommst, dann wartet Gott dort schon darauf, um sein Wort zu bestätigen und Befreiung zu bringen.

Von heute an wird das Leben für dich äußerst spannend werden!

Du wirst dich an den Abenteuern erfreuen, die auf dich warten, wenn du dem göttlichen Strom der Liebe folgst!!!

## Bücher der Leuchter Edition
Authentisch - Stark - Lebendig

### John Osteen
### Das Wunder ist in deinem Munde
Geheftet • 32 Seiten • Bestell-Nr. 547.601 • ISBN 3-87482-601-5
€ 3,00 • Preisänderung vorbehalten

Die Worte, die wir sprechen, sind der Schlüssel zu den Dingen, die wir erleben. Die Bibel fordert uns immer wieder auf, die guten Zusagen Gottes und die ewigen Wahrheiten Seines Wortes auszusprechen und zu bekennen. Darin liegt ein Schlüssel zu den Wundern, die wir so dringend brauchen. Es ist wahr: Gott handelt souverän, aber Er möchte uns zu Seinen Mitarbeitern machen, und Er möchte, dass wir bekommen, was Er uns geben möchte. Dieses Buch ist unzähligen Menschen bereits eine Hilfe gewesen, erstens, mit ihrem negativen Bekenntnis Gott nicht im Wege zu stehen, und zweitens, durch ihr schriftgemäßes Bekenntnis die Kraft Gottes freizusetzen.

### John Osteen
### Waffen im Kampf gegen die Mächte der Finsternis
Geheftet • 36 Seiten • Bestell-Nr. 547.602 • ISBN 3-87482-602-3
€ 3,00 • Preisänderung vorbehalten

Die Finsternis kämpft gegen die Kinder des Lichts, und so leiden viele Menschen unter körperlichen, emotionalen oder geistlichen Niederlagen. Doch es gibt einen Ausweg. John Osteen zeigt hier, wie wir durch das Blut des Lammes und das Wort unseres Zeugnisses überwinden können. Der Kampf mag hart sein, aber der Sieg gehört Ihnen in Jesus Christus. Durch Ihn sind wir mehr als Überwinder.

---

Bitte fragen Sie in Ihrer Buchhandlung nach diesen Büchern!
Oder schreiben Sie an: Leuchter Edition GmbH, Postfach 1161, D-64386 Erzhausen
Fax: (06150) 97 36 36, E-Mail: verlag@leuchter-edition.de